AF300171

SOCIÉTÉ FRANÇAISE DES TRACTS

Nul ne peut contester l'étendue du mal dont la Société française est atteinte. Que de fois n'avons-nous pas rencontré, au milieu de nos malheurs, les défaillances du patriotisme, l'indifférence religieuse, les principes les plus sacrés méconnus, la vraie notion du droit obscurcie, l'oubli du devoir ! Des exemples contraires nous donnent quelque consolation ; mais nous ne pouvons pas dire qu'ils nous rassurent. Ce qui manque surtout à cette nation fatiguée, c'est cette énergique réaction morale, intellectuelle, religieuse, qui peut faire de nous un peuple nouveau et sans laquelle nous périssons.

Si, en face de l'armée du mal, avec sa légion compacte de démolisseurs, nous voyions les défenseurs du bien unis, résolus, persévérants, luttant courageusement, et se portant sur tous les points menacés pour travailler à reconstruire l'édifice social, nous pourrions espérer, et bientôt nous verrions notre abaissement faire place à une rénovation puissante et féconde. Mais nous assistons, indifférents ou passifs, à ce travail de démolition. Comme les ruines de nos monuments publics, les ruines de la Société française s'entassent sous nos yeux, sans que nous soyons

SOCIÉTÉ FRANÇAISE DES TRACTS

Nul ne peut contester l'étendue du mal dont la Société française est atteinte. Que de fois n'avons-nous pas rencontré, au milieu de nos malheurs, les défaillances du patriotisme, l'indifférence religieuse, les principes les plus sacrés méconnus, la vraie notion du droit obscurcie, l'oubli du devoir ! Des exemples contraires nous donnent quelque consolation ; mais nous ne pouvons pas dire qu'ils nous rassurent. Ce qui manque surtout à cette nation fatiguée, c'est cette énergique réaction morale, intellectuelle, religieuse, qui peut faire de nous un peuple nouveau et sans laquelle nous périssons.

Si, en face de l'armée du mal, avec sa légion compacte de démolisseurs, nous voyions les défenseurs du bien unis, résolus, persévérants, luttant courageusement, et se portant sur tous les points menacés pour travailler à reconstruire l'édifice social, nous pourrions espérer, et bientôt nous verrions notre abaissement faire place à une rénovation puissante et féconde. Mais nous assistons, indifférents ou passifs, à ce travail de démolition. Comme les ruines de nos monuments publics, les ruines de la Société française s'entassent sous nos yeux, sans que nous soyons émus d'un tel spectacle. On dirait presque que nous sommes étrangers à tout ce qui se passe, et que nos intérêts les plus sacrés et les plus chers ne sont point engagés dans la question ; on dirait que le problème qui s'agite n'est pas celui de notre existence même : *To be, or not to be.*

L'heure est venue de secouer une telle torpeur. Il faut que les bons agissent, il faut qu'ils s'habituent enfin à employer ces mêmes armes dont leurs adversaires savent si bien se servir, il faut que toutes les voix de la presse soient acquises à la défense de la vérité et des saines doctrines. Le livre, la brochure, le journal, rien ne doit être négligé.

Mais le livre ne peut pénétrer partout, et le journal n'a qu'une existence éphémère La brochure peut atteindre toutes les classes de lecteurs ; aussi est-ce un des meilleurs instruments qui soient à notre disposition. La brochure, néanmoins, n'est pas elle-même suffisante ; il nous faut quelque chose de plus bref, de plus saisissant, de plus *universel*. Nous avons nommé le *Tract.*

Le *Tract*, production de l'esprit politique et pratique des Anglais, est un petit écrit d'une ou de quelques pages volantes, qui saisit l'événement du jour, la question palpitante, ou jette la lumière sur les grands problèmes sociaux ; c'est une révélation soudaine des vraies et saines notions sur toutes les doctrines controversées,

Qui ne voit que le *Tract* est le besoin du moment ?

La brochure se vend ; le *Tract* se donne. La brochure n'arrive pas toujours dans l'atelier ou la chaumière ; le *Tract* pénètre partout. Tout le monde n'a pas le temps de lire une brochure ; chacun peut jeter les yeux sur un *Tract*. Enfin la brochure ne se répand que difficilement à des milliers d'exemplaires ; c'est par centaines de mille qu'on peut répandre le *Tract*.

A une époque où il semble presque que la société tout entière soit à reconstituer, et que les principes les plus élémentaires soient en quelque sorte à enseigner, l'utilité et l'efficacité d'un pareil mode de publicité ne sauraient être contestées.

Maintenant, que sont nos *Tracts* ?

De petites feuilles de quatre pages in-18, groupées par séries homogènes, mais dont chacune forme un tout, et qui traitent des matières les plus variées, soit sous la forme de l'exposition, soit sous la forme de la polémique. Le plus grand soin est apporté à la rédaction, afin que les *Tracts* se distinguent, non-seulement par la sûreté des doctrines et par la solidité de l'exposition, mais encore par le charme et par l'entrain du style.

Voici un aperçu des séries qui figurent dans nos *Tracts*, chaque *Tract* ayant d'ailleurs son titre spécial, placé en évidence, et ne se rattachant à la série que par un titre général et par un numérotage peu apparent :

Religion.— Morale. — Législation. — Economie sociale.—Sciences —Littérature.— Poésie.— Histoire.—Biographies nationales.- Questions du jour.—Anecdotes.— Citations.— Polémique, etc.

Le Conseil, où figurent, avec des membres de l'Assemblée nationale, des représentants de la plupart des œuvres catholiques, est composé de : MM. Ant. D'ABBADIE, de l'Institut; AUDLEY; BAUDON; R. P. BAZIN, S. J. ; DE BEAUCOURT; Paul BESSON, député; Emile CARRON, député; comte de CHAMPAGNY, de l'Académie française; Michel CORNUDET; Martial DELPIT, député; comte DESBASSAYNS DE RICHEMONT, député; Ch. DE FRANQUEVILLE; Dr FRÉDAULT; FRESNEAU, député; prince Aug. GALITZIN; Léon GAUTIER; Ch. GÉRIN; comte Eug. DE GERMINY; marquis DE GOUVELLO, député ; Ch. HAMEL; l'abbé D'HULST; KELLER, député; comte L. DE KERGORLAY, député; DE LA BASSETIÈRE, député; R. P LESCOEUR, de l'Oratoire; Arthur LOTH; vicomte DE LUPÉ; R. P. PICARD, de l'Assomption; RAVELET; baron DE RAVIGNAN; RÉCAMIER; DE RICHECOUR; Albert DE RICHEMONT; Antonin RONDELET; Ernest RONDELET; vicomte R. DE SAINT-MAURIS; comte An. DE SÉGUR; G DE SENNEVILLE; DE TARTERON, député; THÉRY, député.

Chaque souscription de dix francs donne droit à *mille exemplaires* de *Tracts* variés; pour les recevoir *franco*, douze francs. — Dix souscriptions prises ensemble, *franco*, cent francs. — Envoyer son adhésion et le montant de sa souscription au secrétaire général de la SOCIÉTÉ FRANÇAISE DES TRACTS, 75, rue du Bac, à Paris.

PARIS. — IMP. JULES LE CLERE ET Cⁱᵉ, RUE CASSETTE, 29.

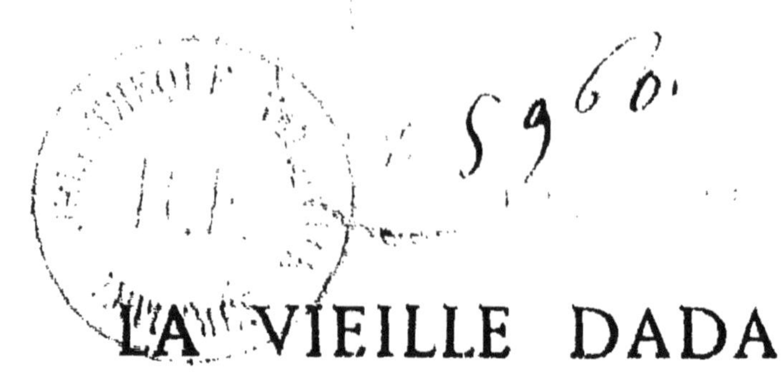

LA VIEILLE DADA

On a pu voir pendant bien des années se promener à Toulon, sur les quais du Mourillon, un vieillard, derrière lequel marchait dans une attitude respectueusement attentive une femme à l'aspect sauvage, dont les vêtements en lambeaux contrastaient avec la propreté recherchée de son maître. Ancien colon de la Guadeloupe, celui-ci avait connu en d'autres temps toutes les jouissances qu'apporte une grande fortune; mais sa ruine, que préparèrent des circonstances malheureuses, fut achevée par le tremblement de terre qui renversa la Pointe-à-Pître. Fixé en France, le vieillard put, grâce à des secours reçus de sa famille, vivre durant plusieurs années sans éprouver de trop pénibles privations; mais ces secours, qui ne tardèrent pas à devenir plus rares, cessèrent à l'époque où son grand âge les aurait rendus plus nécessaires.

Dans l'abandon où s'achevait sa vie, un seul bien demeurait au malheureux octogénaire, le dévouement d'une négresse dont il s'était fait suivre, dévouement sans bornes qui, pour être parfaitement libre depuis qu'elle avait touché la terre de France, n'en était devenu que plus ardent. Suppléer par ses efforts aux subsides des Antilles qui n'arrivaient plus, cacher à son maître l'origine des petites sommes qu'elle se procurait par de rudes labeurs, en attribuant aux amis d'Amérique le rôle souvent prêté aux oncles de ce pays, telle fut la constante étude de l'infatigable servante.

Par quelles ressources pourvoyait-elle aux besoins de son maître, et comment parvenait-elle à le tromper pour ménager sa délicatesse? C'était là le secret dont elle se croyait maîtresse. Elle l'a gardé longtemps en effet, et ce n'est pas sans peine qu'il a été découvert. Ce secret, le voici :

Pour cette femme, malgré les infirmités inséparables d'un âge déjà fort avancé, la nuit était presque sans repos, car elle la consacrait à gagner le pain du jour. Entre ces petites industries ignorées, ressource précaire des malheureux qui les exercent, il en est une qui a fixé, après d'autres tentatives moins heureuses, les préférences de la *vieille Dada*, surnom habituel donné à la vieille négresse par les enfants du Mourillon. Tandis que son maître repose, sa discrète nourricière se dirige d'un pas furtif vers le rivage, afin d'y pêcher des oursins qu'elle court vendre au marché avant le réveil de son maître. Lorsqu'au souffle de la tempête la lame déferle avec force et le couvre d'écume, la négresse est heureuse, car la pêche sera probablement abondante, et quelque petite douceur viendra surprendre le vieillard à son lever. Mais si les premiers rayons du jour caressent les vagues endormies, cette fête de la terre et du ciel ne réjouit pas le cœur de l'Africaine, car plus la mer est belle moins la pêche est bonne, et quand les oursins manquent, un déficit au budget quotidien la contraint d'implorer la pitié de quelques bonnes âmes. Celles-ci n'ont jamais refusé à la digne servante, mais pour prix de leurs aumônes elles ont réclamé des confidences. Puis au

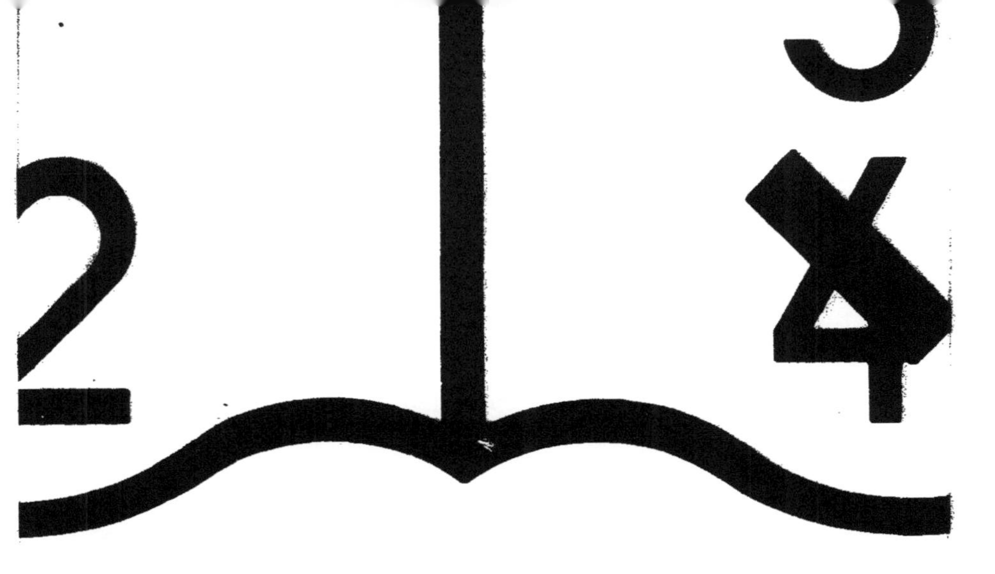

Pagination incorrecte — date incorrecte

NF Z 43-120-12

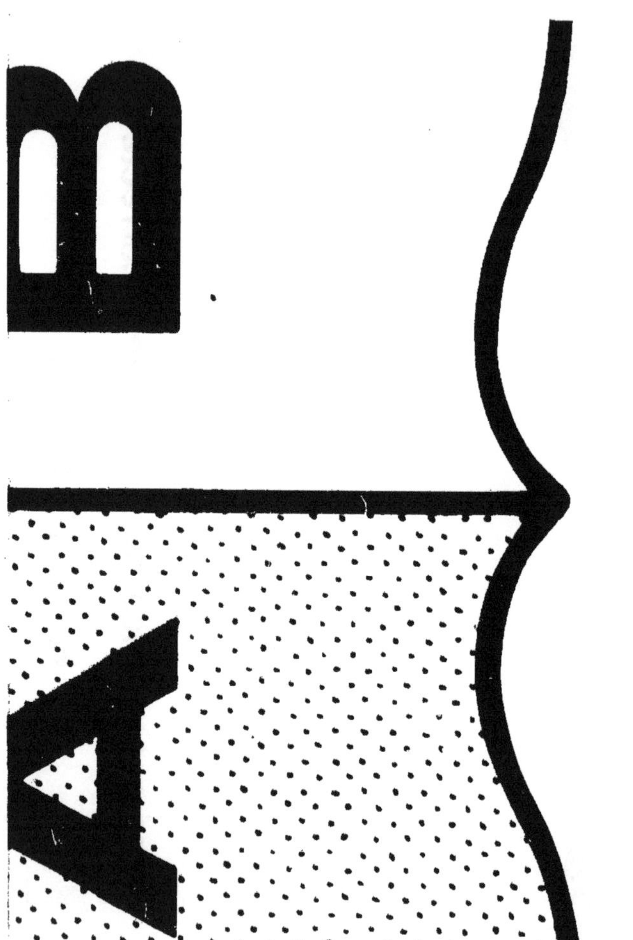
Contraste insuffisant
NF Z 43-120-14

tort de la curiosité est venu se joindre celui de l'indiscrétion, et c'est ainsi que Nymphe, dont l'accoutrement étrange provoqua si longtemps les railleries de l'*âge sans pitié*, s'est trouvée dénoncée tout à coup par une coalition de curieux et d'indiscrets à l'admiration de la France.

(Cette anecdote est empruntée au rapport sur les prix de vertu, lu à l'Académie française par M. DE CARNÉ le 20 août 1868).

Dépôt, 75, rue du Bac, à Paris — 8 fr. les mille exemplaires varié, et 10 fr. *franco*.

PARIS. — IMP. JULES LE CLERE ET RUE CASSETTE, 29

JEANNE D'ARC

La France était perdue ; elle allait devenir anglaise. Le roi même, Charles VII, appelé par dérision le *roi de Bourges*, désespérait de sa cause. Mais Dieu, qui aime la France, résolut de la sauver. Il suscita Jeanne d'Arc.

Jeanne naquit à Domremy, près Vaucouleurs, d'une pauvre famille, et elle grandit dans la pratique de toutes les vertus. L'amour de Dieu et de son Église, l'amour de la France furent les deux sentiments qui, presque dès le berceau, dominèrent sa grande âme. Elle avait onze ans quand l'archange saint Michel lui annonça la mission que Dieu lui réservait ; elle en avait dix-sept à peine quand elle commença de l'accomplir.

« Personne au monde, disait-elle, ne peut « reconquérir le royaume de France, et il n'aura « secours que de moi, quoique j'aimasse mieux « filer auprès de ma pauvre mère. Mais il faut « que j'aille et que je fasse cela, parce que mon « Seigneur (Dieu) veut que je le fasse. »

Elle obtint à grand'peine d'être présentée au roi Charles VII. Elle alla droit à lui, bien qu'elle ne l'eût jamais vu et qu'il se dissimulât dans la foule des courtisans : « Gentil dauphin, lui dit-« elle, j'ai nom Jeanne la Pucelle, et vous mande « le Roi des cieux par moi que vous serez sacré « et couronné à Reims. »

Charles voulut qu'elle fût longuement examinée par des théologiens et des membres de son conseil. Ils ne purent la prendre en défaut : « Je ne sais ni *A* ni *B*, disait-elle ; mais je suis « envoyée par Dieu pour faire lever le siége « d'Orléans et mener le roi à Reims, pour qu'il « y soit sacré et couronné. » — « Mais, objectait Guillaume Aimeri, l'un des examinateurs, si Dieu veut délivrer la France, il le peut faire sans le secours des gens d'armes. » — « Les « gens d'armes batailleront, répondit-elle, et « Dieu donnera la victoire. »

Elle voulait que les factions qui déchiraient le royaume et l'avaient conduit à sa perte, se ralliassent autour de la royauté, du chef de la dynastie capétienne. Quand le roi lui présenta le duc d'Alençon, prince du sang et gendre du duc d'Orléans : « Vous, soyez le très bien venu, » dit-elle ; et elle ajouta : « Plus il y en aura du « sang de France ensemble, mieux cela vaudra. »

Sur le rapport favorable de la commission d'examen, le roi se décida à la mettre en œuvre. Elle pénétra dans Orléans, assiégé depuis sept mois et près de tomber entre les mains des Anglais. Aussitôt les affaires changèrent de face. Les assiégeants furent assiégés à leur tour dans leurs postes fortifiés. Jeanne enleva tous ceux qui étaient situés sur la rive gauche de la Loire, et, cinq jours après le commencement des opérations nouvelles, l'ennemi se retirait, la ville était délivrée.

Jeanne enleva ensuite aux Anglais Jargeau, Meung et Beaugency; puis elle poursuivit l'armée ennemie qui se dirigeait vers Patay. « Il faut « combattre, disait-elle; quand ils seraient « pendus aux nues, nous les aurions. Mon con- « seil m'a dit qu'ils nous sont livrés tous. »

Orléans délivré, les Anglais vaincus, elle mena le roi à Reims, soulevant l'enthousiasme du peuple et prenant les villes sur son passage. Au sacre, elle était auprès de l'autel, tenant en main l'étendard blanc, semé de fleurs de lis d'or, qu'elle avait fait faire par l'exprès comman- dement des *voix* célestes. Comme ses juges à Rouen, l'accusant d'orgueil, lui demandaient pourquoi cet étendard avait été porté au sacre plutôt que celui des autres capitaines : « Il avait « été à la peine, répondit-elle, c'était bien « raison qu'il fût à l'honneur. »

Le triomphe de Jeanne, décisif pour le salut de la France, devait être suivi promptement pour elle de déceptions et d'angoisses. Dieu qui, dans ses desseins éternels, la destinait au martyre, lui fit éprouver un échec devant Paris, un second devant la Charité-sur-Loire, et enfin l'abandonna aux mains de ses ennemis, dans une sortie, devant Compiègne. Le comte de Luxembourg, dont elle fut la captive, la livra aux Anglais.

Avant le supplice final, son procès fut un long supplice. Elle fut enfin publiquement brûlée sur la place du Vieux-Marché, à Rouen. Elle eut pour ses ennemis des paroles de pardon, pour son roi un dernier souci de l'honneur royal, et quelle ferveur pour son Dieu! La voici liée au fatal poteau, environnée de flammes. Elle prie encore. Enfin, toute sa vie se rassemblant dans son dernier soupir, elle l'exhale en criant : « Jésus! »

Un soldat anglais avait parié qu'il jetterait un fagot dans le bûcher de Jeanne. Il s'approchait pour accomplir ce bel exploit, quand tout à coup on le vit pâlir, chanceler, s'affaisser sur le sol. Ses compagnons l'emportèrent dans une taverne voisine, où ils eurent toutes les peines du monde à le faire revenir. « Elle expirait, dit-il, et comme elle disait : Jésus! j'ai vu une colombe qui venait de France et montait au ciel! »

Jean Thiessart, secrétaire du roi d'Angleterre, en revenant du supplice, s'en allait par les rues, le front penché, les yeux hagards, répétant à tous ceux qui voulaient l'entendre : « Nous « sommes perdus, nous avons brûlé une « sainte! »

La mission de Jeanne d'Arc est assurément la plus grande preuve que Dieu ait donnée de son amour pour la France. Dieu aime les peuples qui l'aiment, et il sauve ceux qui croient en lui.

Dépôt, 75, rue du Bac, à Paris. — 8 fr. les mille exemplaires variés, et 10 fr. *franco*.

PARIS. — IMP. JULES LE CLERE ET Cie, RUE CASSETTE, 29.

LE MARÉCHAL FABERT

Abraham Fabert naquit à Metz le 15 octobre 1599. Son père, directeur de l'imprimerie ducale de Nancy, le fit instruire dans les lettres françaises et latines, et la correspondance que le maréchal a laissée atteste combien cette éducation porta d'heureux fruits. Mais de bonne heure Fabert se sentit appelé au noble métier des armes. La population messine a été de tout temps une pépinière d'officiers distingués et de vaillants soldats.

En 1613, les gardes-françaises tenaient garnison à Metz; Fabert pria l'un des capitaines, M. de Campaignol, de l'admettre au régiment : « Vous n'y pensez pas, » dit l'officier qui ne voyait devant lui qu'un jeune homme petit et délicat, « attendez encore quelque temps, et je pourrai vous accorder ce que vous me demandez. » Mais Fabert fit tant d'instances que M. de Campaignol le reçut dans sa compagnie; il n'eut point à s'en repentir.

Cinq ans après, il est enseigne (sous-lieutenant) au régiment de Piémont. En 1621, il se distingue, à l'armée du duc d'Épernon, contre les calvinistes révoltés dans le Midi et dans la Saintonge. En 1627, il fait preuve, au siége de la Rochelle, non-seulement de bravoure, ce qui n'eût point suffi pour le distinguer de ses compagnons d'armes, mais de connaissances supérieures dans l'art des siéges; le roi Louis XIII ne lui cache point l'estime que lui inspirent son caractère et ses talents.

Vient la guerre contre le duc de Savoie; Fabert, major au régiment de Rambures, s'empare de Suse, et Louis XIII le présente à Richelieu, avec ces paroles : « Voilà le brave major « à qui nous devons le succès de cette grande « journée! » Quoique blessé, il continue son service à l'armée d'Italie. En 1631, Fabert épouse Mlle de Clévant, fille du gouverneur-prévôt de Pont-à-Mousson, et établit les forges de Moyeuvre, qui sont encore pour le pays une source de fortune. Deux ans après, fait prisonnier pendant qu'il levait les plans de Thionville, il passe un an en captivité ; rendu à la liberté, il est chargé de réparer et d'augmenter les fortifications de Metz. En 1635, il prend part à la guerre contre l'Empereur d'Allemagne ; désireux de tout voir par lui-même, il s'approchait isolément si près de l'ennemi, que ses soldats l'appelaient « le quêteur de coups de mousquet. » Son humanité n'était pas moindre que sa bravoure. L'armée allemande, qui avait vainement essayé de pénétrer en Champagne, dut laisser à Mézières un grand nombre de malades et de blessés : « Il faut, dit « un soldat, achever tous ces misérables qu « ont massacré nos camarades dans la retraite « de Mayence. » — « Ce serait agir en bar « bares, » répliqua Fabert, « cherchons une ven- « geance plus noble et plus digne de notre na- « tion. » Et aussitôt il fit distribuer aux prisonniers les vivres et les secours dont ils avaient besoin.

Fabert ne connaît point de repos : il est aux siéges de Clemery, de Saverne, de Landrecies, de Chivas, d'Arras, de Bapaume, de Perpignan, de Piombino, de Stenay, etc. Au siége de Turin (1640), il est grièvement blessé à la cuisse ; il refuse de se laisser amputer, ne voulant pas, disait-il, mourir par morceaux : il en guérit. Pendant la paix, l'infatigable officier visitait et approvisionnait les places fortes de l'Est : « Il faut toujours, écrivait-il, être prêt à faire la guerre, pour n'être jamais réduit au malheur de se la laisser faire. » Le roi disait de lui : « M. de Fa « bert a des talents admirables ; il promet plus « qu'on n'espère, et fait plus qu'il ne promet. » Il était depuis longtemps général, lorsque, en 1658, Louis XIV le nomma maréchal de France et gouverneur de Sedan ; il ajoute alors à cette place de nouvelles fortifications, et paye de sa bourse une partie des dépenses. Ses parents le lui reprochaient : « Si, leur répond-il, pour « empêcher qu'une place que le Roi m'a confiée « ne tombât entre les mains de l'ennemi, il fal- « lait mettre à une brèche ma personne, ma fa- « mille et mon bien, je n'hésiterais pas. »

Le roi lui ayant proposé le collier de ses ordres, il refusa, parce qu'il ne pouvait produire les titres de noblesse exigés ; vainement lui dit-on de présenter ceux qu'il voudrait : il refusa de se soumettre à cette faveur. Aussi Louis XIV, qui savait apprécier cette fierté d'âme, lui écrivit-il : « Votre refus, monsieur le maréchal, vous « vaut à mes yeux plus de gloire que le collier

« n'en vaudra jamais à ceux qui le recevront de
« moi. »

A Sedan, Fabert employa les derniers temps
de sa vie à amener par la persuasion la conversion des protestants : c'eût été pour lui une dernière victoire : la mort ne lui permit point de la
remporter tout entière. Le 16 mai 1662, il dit à
son ami, le président Morel : « Je laisse deux
« fils et deux filles; si mes fils font jamais quelque
« chose contre le service du Roi, je vous con-
« jure de les mettre entre les mains de Sa Ma-
« jesté, pour les faire punir selon leur faute. »
La veille, il avait reçu l'Extrême-Onction. Le 17,
on le trouva mort dans son lit; près de lui, son
livre de prières était ouvert au psaume *Mise-
rere.*

Les habitants de Metz ont élevé une statue à
leur brave compatriote : souvenir d'un glorieux
passé, espérance d'un avenir meilleur que le
présent !

———

Dépôt, 75, rue du Bac, à Paris. — 10 fr. les mille
exemplaires variés, et 12 fr. *franco.*

PARIS. —IMP. JULES LE CLÈRE ET Cie, RUE CASSETTE, 29.

LE MARÉCHAL DE VILLARS

Villars est un des plus grands hommes de guerre de notre ancienne monarchie. Adroit négociateur autant qu'habile général, actif, audacieux et fin, insatiable de faste, avide de richesses et de dignités, enclin même à la forfanterie, il se montre, à travers tous ces défauts, toujours brave et brillant, ayant les instincts de la grande stratégie, capable de ces coups hardis et décisifs qui précipitent le sort des empires, et il doit à l'ensemble de ses rares qualités militaires l'éternel honneur d'avoir sauvé la France à Denain.

Louis Hector duc de Villars, pair et maréchal de France, était né à Moulins, en mai 1653, de Pierre marquis de Villars, lieutenant général et ambassadeur de France à Turin, et de Marie de Bellefonds. Il avait fait ses études à Juilly, de 1664 à 1668, et les avait complétées à l'école des Pages de la Grande-Écurie, que Louis XIV venait de fonder pour l'éducation militaire de la noblesse. Après un voyage en Allemagne, il obtint, par le crédit du maréchal de Bellefonds, son oncle, de faire, en 1672, la campagne de

Hollande, où il gagna l'épaulette de cornette de chevau-légers de Bourgogne. Au siége de Maestricht, sa bouillante ardeur le fit remarquer du roi, qui dit à Croisille, son capitaine des gardes : « Il semble, en vérité, que, dès que l'on tire en quelque endroit, ce petit garçon sorte de terre pour s'y trouver; » et à vingt et un ans, son intrépidité lui valut le grade de colonel, dans cette mémorable journée de Sénef où, voyant Condé tirer son épée et charger à la tête de ses escadrons : « Voilà, s'écria-t-il la chose du monde que j'avais le plus désiré de voir : le grand Condé l'épée à la main ! » Mot heureux et de nature à avancer sa fortune, mais en même temps chevaleresque et plein de poésie, qui peint au vif l'homme et le guerrier.

Apprécié de tous ses chefs, de Schomberg, de Créqui, de Catinat et de Luxembourg, il fut désigné, après la bataille de Ryswick, pour l'ambassade de Vienne, et obtint, en 1762, un commandement à l'armée du Rhin. Plus maître désormais de ses mouvements, il passe rapidement le fleuve à Huningue, fait prendre Neubourg par un de ses lieutenants, et, douze jours après, est salué maréchal de France par ses troupes sur le champ de bataille de Friedlingen, où il vient de vaincre le général le plus renommé de l'Empire, le prince de Bade.

L'année suivante, il s'empare de Kehl en quelques jours, traverse les montagnes Noires, opère sa jonction avec l'électeur de Bavière et conçoit le plan, qu'exécutera plus tard Napoléon, d'occuper Passau et Lintz, pour marcher ensuite sur Vienne, en s'appuyant, par le Tyrol, sur l'armée de Vendôme en Italie. Mais, entravé dans ses desseins, menacé même d'être coupé dans ses communications avec la France, il ne peut que se dégager, en gagnant sur le comte de Styrum la bataille d'Hochstett, près de Donawerth.

En 1704, il pacifie les Cévennes ; en 1705, dans une campagne qu'admirent encore les stratégistes, il en impose à Malborough, et, sans coup férir, l'oblige à la retraite. Empêché par le désastre de Ramillies (1706) d'assiéger Landau, il se maintient avec avantage sur le Rhin et la Lauter. Il force ensuite les lignes de Buhl, pénètre en Allemagne où il ne fait, au préjudice de sa gloire, qu'une grande campagne financière, et revient défendre les frontières des Alpes et le Dauphiné contre le duc de Savoie.

En 1709, à la tête d'une armée qu'il a refaite et qu'il sait encore électriser au milieu de l'abattement général, il tient tête au prince Eugène et à Malborough, qui n'osent pas l'attaquer dans ses postes de la Bassée, les rencontre dans les plaines boisées de Malplaquet, et, après huit heures d'une lutte héroïque, ne leur laisse que le champ de bataille, jonché des cadavres et des blessés de vingt-cinq mille des leurs. Louis XIV éleva à la pairie le glorieux vaincu de Malplaquet, lui confia les forces et le salut de l'État et l'opposa, dès 1710, aux progrès de l'armée coalisée. Mais Villars, paralysé par les ordres de la cour, ne peut qu'être témoin des fautes et des revers des campagnes de 1711 et de 1712.

Rendu enfin par le roi à sa liberté d'action, il voit le prince Eugène étendre trop ses lignes en voulant investir Landrecies; aussitôt il lui donne le change, et, le tenant en haleine par une attaque simulée de ses dragons, s'élance sur son camp retranché de Denain, s'en empare, lui enlève Marchiennes et ses munitions, reprend Douai, le Quesnoy et Bonchain, et, après avoir ainsi rétabli la fortune de la France, va la représenter à Rastadt pour y conclure la paix.

Quelques mois plus tard, le 22 juin 1714, Villars était admis à l'Académie française, « où il opina toujours, dit d'Alembertg, avec autant de goût que de dignité sur toutes les questions agitées devant lui. » Enfin, à quatre-vingts ans, « toujours jeune de cœur et entier de zèle, » il partit pour l'Italie, en qualité de généralissime des armées de France, d'Espagne et de Sardaigne, unies contre les forces de l'Empereur, s'empara de Milan, et, à la suite d'un désaccord avec le roi de Sardaigne, revint à Turin, pour y mourir dans son lit le 17 juin 1734, en enviant la mort glorieuse de Berwick, le héros d'Almanza, emporté quelques jours avant par un boulet devant Philipsbourg.

Dépôt, 75, rue du Bac, à Paris. — 8 fr. les mille exemplaires variés, et 10 fr. *franco*.

PARIS. — IMP. JULES LE CLERE ET Ce, RUE CASSETTE, 29.

LA
FORMATION DE LA FRANCE

Par M. MIGNET.

La formation de la société moderne fut exécutée par le pouvoir royal, qui devait être le pouvoir chargé d'assimiler toutes ses parties, puisqu'il était le pouvoir le plus général; elle se fit en France avec plus de suite qu'ailleurs. Elle fut l'œuvre de la dynastie capétienne, qui travailla pendant sept siècles à l'établissement de cette précieuse unité de territoire, d'esprit, de langue, de gouvernement. Cette dynastie dura autant que sa mission, et eut autant de princes supérieurs qu'elle avait de choses importantes à faire. L'action entretient les familles, et les difficultés forment les grands hommes.

C'est du centre même du pays que partit la dynastie capétienne pour cette conquête de réunion. Paris sur la Seine, Orléans sur la Loire, furent ses points de départ; l'Océan, les Pyrénées, la Méditerranée, les Alpes et le Rhin, ses points d'arrivée. Elle ne se mit en marche qu'après s'être affermie dans ses possessions particulières, et avoir donné aux diverses classes destinées à être le rudiment de la société moderne le temps de se former.

Dans le XIIe siècle, Louis le Gros rendit la royauté supérieure à ses vassaux particuliers dans ses domaines héréditaires, par la prise de leurs châteaux et la confiscation de leurs fiefs. Au commencement du xiii° siècle, Philippe-Auguste la rendit supérieure aux grands vassaux eux-mêmes par l'acquisition de la Normandie, de la Touraine, de l'Anjou, du Maine. L'un de ces princes éleva le pouvoir royal au-dessus du pouvoir féodal sur le territoire de la dynastie ; l'autre éleva la dynastie centrale au-dessus de toutes les dynasties provinciales sur le territoire de la France.

Depuis lors les acquisitions territoriales au moyen de la conquête, des donations, des successions ou des mariages, continuèrent sans pouvoir être arrêtées. Le Languedoc et le Poitou sous S. Louis ; la Champagne et le Lyonnais sous Philippe le Bel ; le Dauphiné sous Philippe de Valois ; la Saintonge et le Limousin sous Charles V ; la Guienne sous Charles VII ; la Provence, la Bourgogne et la plus grande partie de la Gascogne sous Louis XI ; la Bretagne sous Charles VIII ; le Bourbonnais, la Marche et l'Auvergne sous François Ier ; les trois Évêchés de Metz, Toul et Verdun sous Henri II ; la Navarre, le Béarn, les comtés de Foix, de Cominges, et presque toutes les vallées du revers septentrional des Pyrénées, la Bresse, sous Henri IV ; l'Alsace, le Roussillon, l'Artois, la Franche-Comté, une partie du Luxembourg, de la Flandre, du Brabant, du Hainaut, sous Louis XIV ; la Lorraine, sous Louis XV, furent successivement rattachés au noyau agrandi de la France.

En parcourant la route de ses conquêtes, la dynastie n'eut pas seulement des territoires à réunir et des familles régnantes à déposséder ; elle eut des classes à soumettre, des législations à modifier, des langes à ruemplacer, des races à fondre dans la masse nationale. Elle porta à sa suite les mœurs, la langue, l'organisation monarchique du centre de la France. Elle enleva à la noblesse sa souveraineté féodale, au clergé son indépendance politique, à la bourgeoisie la constitution républicaine de ses villes. Avant d'atteindre ces divers buts, elle rencontra des résistances très-nombreuses et très-fortes. Tous ceux aux droits de qui elle attentait se soulevèrent contre elle. Ils choisirent les moments de faiblesse ou de revers de la royauté pour lui reprendre ce qu'elle leur avait enlevé dans les moments de sa force.

Le brigandage des petits feudataires de l'Ile-de-France forma Louis le Gros, qui fit prévaloir la supériorité royale ; la lutte avec les Anglais de la Normandie, de l'Anjou et de la Guienne forma Philippe-Auguste, qui, par ses agrandissements, fonda la monarchie territoriale ; la guerre des barons forma S. Louis, qui institua un nouveau système judiciaire par l'érection des parlements ; l'anarchie municipale des villes forma Charles V, qui créa un nouveau système financier par l'établissement de l'impôt indirect, objet des efforts contraires de la couronne et du pays pendant tout le xive siècle ; la guerre des Armagnacs et des Bourguignons forma Charles VII, qui organisa un nouveau système militaire par la création des troupes permanentes ; la lutte des dynasties apanagées forma Louis XI, qui les dompta toutes et reprit sur elles le territoire aliéné ; la Ligue forma Henri IV, qui domina les partis religieux ; la révolte des grands forma Richelieu, qui soumit la cour ; la fronde forma Louis XIV, qui assujettit les parlements. La royauté l'emporta toujours.

Mais, tout en marchant vers son but, l'unité de territoire et l'unité de pouvoir, la dynastie montra une habile modération. Elle n'eut rien d'exclusif; elle ne poussa à bout aucune de ses victoires. Elle incorpora les provinces sans les détruire, leur laissant les coutumes civiles sur lesquelles reposaient leur existence et une partie des priviléges politiques dont elles jouissaient. Elle organisa le pays, mais ne l'opprima point. Elle fit entrer chacune des classes qui le composaient dans l'unité nationale en lui ôtant la portion d'indépendance qui était du désordre et qui s'opposait à son assimilation. Mais elle ne craignit ni le courage de la noblesse, ni l'habileté du clergé, ni l'esprit de la bourgeoisie. Loin de là, entretenant sous la monarchie une sorte d'action démocratique, seule propre à fournir des hommes en abondance, elle demanda à la noblesse des généraux, au clergé des politiques, à la bourgeoisie des juges et des administrateurs. La monarchie fut dès lors tempérée par l'esprit individuel, le pouvoir modéré par les mœurs, l'ordre animé par le mouvement. Il y eut même des moments d'anarchie pour entretenir et retremper le caractère national, afin qu'il exécutât ensuite, à l'aide d'une vigueur plus grande et d'une organisation plus forte, les choses plus difficiles qui restaient à faire.

MIGNET, *Essai sur la formation territoriale et politique de la France,* dans les *Mémoires historiques,* 3e édit., Paris, Charpentier, 1864, p. 461-466.

Dépôt, 75, rue du Bac, à Paris. — 10 fr. les mille exemplaires variés, et 12 fr. *franco.*

PARIS. — IMP. JULES LE CLERE ET Cie, RUE CASSETTE, 29.

CE QUE LA RÉVOLUTION A FAIT DU PEUPLE

PAR PIERRE LEROUX

Pierre Leroux est un des docteurs de l'école révolutionnaire. A ce titre, il est intéressant de constater en quels termes saisissants il apprécie l'état social moderne et montre ce que la Révolution a fait du peuple.

« Puisqu'il n'y a plus rien sur la terre que des choses matérielles, des biens matériels, de l'or ou du fumier, donnez-moi ma part de cet or et de ce fumier, » a le droit de vous dire tout homme qui respire.

— « Ta part est faite, » lui répond le spectre de société que nous avons aujourd'hui.

— « Je la trouve mal faite, » répond l'homme à son tour.

— « Mais tu t'en contentais bien autrefois, » dit le spectre.

— « Autrefois, répond l'homme, il y avait un Dieu dans le ciel, un paradis à gagner et un enfer à craindre. Il y avait aussi sur la terre une société. J'avais ma part dans cette société; car si j'étais sujet, j'avais au moins le droit du sujet, le droit d'obéir sans être servile. Mon maître ne me commandait pas sans droit, au nom de son égoïsme; son pouvoir sur moi remontait à Dieu, qui permettait l'inégalité sur la terre. Au nom de cette morale et de cette religion, servir était mon lot, commander était le sien. Mais servir, c'était obéir à Dieu et payer de dévouement mon protecteur sur la terre. Puis, si j'étais inférieur dans la société laïque, j'étais l'égal de tous dans la société spirituelle qu'on appelle l'Eglise. Là ne régnait pas l'inégalité, là tous les hommes étaient frères. J'avais ma part dans cette Eglise, ma part égale à titre d'enfant de Dieu et de cohéritier du Christ. Et cette Eglise encore n'était que le vestibule et l'image de la véritable Eglise, de l'Eglise céleste, vers laquelle se portaient mes regards et mes espérances. J'avais ma part promise dans le paradis promis, et devant ce paradis la terre s'effaçait à mes yeux. Je reprenais courage dans mes souffrances, en contemplant dans mon âme ce bien promis à mon âme ; je supportais pour mériter, je souffrais pour jouir de l'éternel bonheur. Je n'étais pas pauvre alors, puisque je possédais le paradis en espérance ; j'étais riche, au contraire de tous les biens que je n'avais pas sur la terre ; car le Fils de Dieu avait dit : *Bienheureux les pauvres sur la terre !* Et je voyais autour de moi toute une hiérarchie sociale qui, prosternée aux pieds de ce Fils de Dieu, m'attestait la vérité de sa parole. Dans toutes mes douleurs, dans toutes mes angoisses, dans toutes mes faiblesses, dans toutes mes passions, et jusque dans le crime, la société veillait sur moi ; j'étais entouré d'hommes, mes égaux ou mes supérieurs, qui, comme moi, croyaient au Christ, au paradis, à l'enfer. La milice de l'Eglise terrestre était à mon service pour me diriger et m'aider à gagner l'Eglise céleste. J'avais la prière j'avais les sacrements, j'avais le saint sacrifice, j'avais le repentir et le pardon de mon Dieu. J'ai perdu tout cela. Je n'ai plus de paradis à espérer ; il n'y a plus d'Eglise. Vous m'avez appris que le Christ était un imposteur ; je ne sais s'il existe un Dieu, mais je sais que ceux qui font la loi n'y croient guère, et font la loi comme s'ils n'y croyaient pas. Donc je veux ma part de la terre. Vous avez tout réduit à de l'or et à du fumier ; je veux ma part de cet or et de ce fumier. »

— « Travaille, » lui dit encore le spectre qui représente aujourd'hui la société, « travaille et tu auras ta part. »

— « Travailler, je vous entends : vous voulez que je continue à travailler pour des supérieurs, comme je faisais autrefois. Mais je n'ai plus de maîtres, je ne suis plus sujet. Nous sommes tous libres, tous égaux. N'est-ce pas vous-mêmes, mes anciens maîtres, qui me l'avez appris? Il y avait autrefois une raison pour qu'il y eût des inférieurs dans la société. Il n'y en a plus. Et vous voulez que j'obéisse encore! Je le veux bien, néanmoins; mais à condition que vous me montrerez ceux à qui je puis légitimement obéir, obéir sans me dégrader, sans mentir à ma conscience, sans honte enfin et sans infamie. J'obéissais au roi, et le roi s'appelait fils aîné de l'Eglise, tenait son pouvoir de ses pères, et reconnaissait le tenir de Dieu. J'obéissais aux nobles, qui eux-mêmes obéissaient au roi et qui tenaient également leur puissance de leurs pères, mais, comme le roi, se soumettaient dans la morale et la religion, à l'Eglise. J'obéissais aux prêtres qui étaient les ministres de cet Eglise, et qui servaient d'éducateurs à tous. Hors de là je ne devais obéissance à personne. Je devais au roi service pour la sûreté et les intérêts du royaume ou de la chrétienté tout entière, redevance aux nobles sur la terre desquels j'étais né, foi à l'Eglise et à ses représensants. Mais jamais on ne me força d'obéir à des hommes de lucre et d'égoïsme, à des hommes occupés de leur intérêt privé, à des hommes livrés à une seule passion, l'avarice. Qu'un homme autrefois livrât son âme à l'avarice, cela n'en faisait pas légitimement un des princes de la terre. Bien plus, il était obligé de se confesser de son avarice, et le plus pauvre serviteur du Christ avait le droit de le moraliser.

Donnez-moi donc d'abord des supérieurs que je puisse respecter, ou souffrez que je haïsse les supérieurs que vous me donnerez..... Mais pourquoi parler d'obéissance, pourquoi parler de maîtres, de supérieurs? Ces mots-là n'ont plus de sens. Vous avez proclamé l'égalité de tous les hommes ; donc je n'ai plus de maître parmi les hommes. Mais vous n'avez pas réalisé l'égalité proclamée, donc je n'ai pas même ce souverain abstrait que vous appelez tantôt, par un mensonge, la nation ou le peuple, et tantôt, par une autre fiction, la loi. Donc, puisqu'il n'y a plus ni rois ni nobles ni prêtres, et que pourtant l'égalité ne règne pas, je suis à moi-même mon roi et mon prêtre, seul et isolé que je suis de tous les hommes mes semblables, égal à chacun de ces hommes et égal à la société tout entière, laquelle n'est pas une société, mais un amas d'égoïsmes comme moi-même je suis un égoïsme. Et quand il y aurait sous ces noms de rois, de nobles et de prêtres, ou sous d'autres noms, des remplaçants de mes anciens maîtres, je ne leur devrais pas l'obéissance ; car entre mes anciens maîtres et moi, il y avait un contrat qui n'existe plus. Ceux-là reconnaissaient une religion que je reconnaissais aussi. Au-dessus de nous tous, il y avait un juge ; et tous, même sur la terre, nous faisions partie de la même cité, l'Eglise. Rendez-moi l'égalité dans l'Eglise, ou donnez-moi l'égalité dans la cité laïque. Vous m'avez ôté le paradis dans le ciel, je le veux sur la terre. »

PIERRE LEROUX, *Discours sur la situation actuelle de l'esprit humain*, publié en 1831 dans la *Revue encyclopédique. Œuvres de Pierre Leroux* (1825-1830). Paris, 1850, gr. in-8°, tome 1er, p. 22-24.

Dépôt, 75, rue du Bac, à Paris. — 10 fr. les mille exemplaires variés, et 12 fr. *franco.*

PARIS. — IMP. JULES LE CLERE ET Cie, RUE CASSETTE, 29.

CE QU'ÉTAIENT AUTREFOIS

LES CONFRÉRIES OUVRIÈRES

PAR LOUIS BLANC

La fraternité fut le sentiment qui présida dans l'origine à la formation des communautés de marchands et d'artisans constituées sous le règne de saint Louis. Car, dans le moyen âge, qu'animait le souffle du christianisme, mœurs, coutumes, institutions, tout s'était coloré de la même teinte ; et parmi tant de pratiques bizarres ou naïves, beaucoup avaient une signification profonde.

Lorsque, rassemblant les plus anciens de chaque métier, Étienne Boileau fit écrire sur un registre les vieux usages des corporations, le style même se ressentit de l'influence dominante de l'esprit chrétien : souvent la compassion pour le pauvre, la sollicitude pour les déshérités de ce monde se font jour à travers la concise rédaction des règlements de l'antique jurande. « Quand les maîtres et jurés boulangers, y est-il dit, iront par la ville accompagnés d'un sergent du Châtelet, ils s'arrêteront aux fenêtres où est exposé le pain, et si le pain n'est pas suffisant, la fournée pourra être enlevée par le maître. » Mais le pauvre n'est pas oublié, et les pains qu'on trouve trop petits, on les distribue au nom de Dieu : « Ceux que l'on trouve petits, li juré ferront donner par Dieu le pain. » Et si, en pénétrant au sein des jurandes, on y reconnaît l'empreinte du christianisme, ce n'est pas seulement parce qu'on les voit, dans les cérémonies publiques, promener solennellement leurs dévotes bannières et marcher sous l'invocation des saints du paradis. Ces formes religieuses cachaient les sentiments que fait naître l'unité des croyances. Une passion qui n'est plus aujourd'hui ni dans les mœurs ni dans les choses publiques rapprochait alors les conditions et les hommes : la charité. L'Église était le centre de tout. Autour d'elle, à son ombre s'asseyait l'enfance des industries. Elle marquait l'heure du travail, elle donnait le signal du repos. Quand la cloche de Notre-Dame ou de Saint-Merry avait sonné l'Angélus, les métiers cessaient de battre, l'ouvrage était suspendu, et la cité, de bonne heure endormie, attendait, le lendemain, que le timbre de l'abbaye prochaine annonçât le commencement des travaux du jour.

Mélées à la religion, les corporations du moyen âge y avaient puisé l'amour des choses religieuses. Mais protéger les faibles était une des préoccupations les plus chères au législateur chrétien. Il recommande la probité aux mesureurs ; il défend au tavernier de jamais hausser le prix du gros vin, commune boisson du menu peuple ; il veut que les denrées se montrent en plein marché, qu'elles soient bonnes et loyales, et, afin que le pauvre puisse avoir sa part au meilleur prix, les marchands n'auront qu'après tous les autres habitants de la cité la permission d'acheter des vivres.

Ainsi l'esprit de charité avait pénétré au fond de cette société naïve qui voyait saint Louis venir s'asseoir à côté d'Etienne Boileau quand le prévôt des marchands rendait la justice. Sans doute on ne connaissait point alors cette fébrile ardeur du gain qui enfante quelquefois des prodiges, et l'industrie n'avait point cet éclat, cette puissance qui aujourd'hui éblouissent ; mais du moins la vie du travailleur n'était point troublée par d'amères jalousies, par le besoin de haïr son semblable, par l'impitoyable désir de le ruiner en le dépassant. Quelle union touchante, au contraire, entre les artisans d'une même industrie! Loin de se fuir, ils se rapprochaient l'un de l'autre pour se donner des encouragements réciproques et se rendre de mutuels services. Les bouchers étaient au pied de la tour Saint-Jacques; la rue de la Mortellerie rassemblait les maçons; la corporation des tisserands donnait son nom à la rue de la Tixeranderie, qu'ils habitaient; les changeurs étaient rangés sur le pont au Change, et les teinturiers sur les bords du fleuve. Or, grâce au principe d'association, le voisinage éveillait une rivalité sans haine. L'exemple des ouvriers diligents et habiles engendrait le stimulant du point d'honneur. Les artisans se faisaient en quelque sorte une fraternelle concurrence.

LOUIS BLANC, *Histoire de la Révolution française*, t. 1, p. 478.

Dépôt, 75, rue du Bac, à Paris. — 10 fr. les mille exemplaires variés, et 12 fr. *franco*.

PARIS. — IMP. JULES LE CLERE ET Cⁱᵉ, RUE CASSETTE, 29.

LES
ÉCOLES AU MOYEN AGE
PAR M. MIGNET

On peut affirmer, sans crainte de recevoir un démenti, que l'Église catholique a été à la lettre l'institutrice de la France.

Des recherches historiques, faites avec impartialité, ont établi d'une manière irréfutable, que, dès le ve siècle, et au milieu de l'effroyable chaos produit par les invasions des barbares, l'Église établit un système d'enseignement qui embrassait tous les âges, toutes les conditions et toutes les races.

Partout où le prêtre, le moine et l'évêque plantèrent une croix, on vit aussitôt, avec un village, un bourg ou une ville, surgir une école où le berger fut admis à côté du noble.

Les écoles monastiques ou conventuelles surtout se multiplièrent à l'infini.

Voici en quels termes M. Mignet, de l'Académie française, se plaçant uniquement sur le terrain scientifique, décrit l'enseignement qu'on distribuait dans les écoles et les services qu'elles rendirent à la civilisation européenne.

« Les écoles qui existèrent dans les monastères étaient de deux espèces : les unes, intérieures ou claustrales ; les autres, extérieures ou canonicales. Celles-ci s'appelaient encore les écoles mineures; celles-là, les écoles majeures. Dans les écoles mineures, qui étaient publiques, on recevait les enfants du dehors et on leur apprenait les principes de la foi catholique, l'Oraison dominicale, les psaumes, les notes musicales, le chant et la grammaire. Dans les écoles majeures, qui étaient réservées aux moines, on enseignait les sciences sacrées et séculières, c'est-à-dire la théologie, qui se composait de la connaissance des deux Testaments, des Pères, des canons, et les sept arts libéraux. Dans tous les monastères il y avait un *scholasticus* très-instruit des études du temps. « Les *scholastici*, dit le moine Trithème, étaient versés non-seulement dans les saintes Écritures, mais dans les mathématiques, l'astronomie, la géométrie, l'arithmétique, la rhétorique, la poésie, et dans toutes les sciences séculières.

« Outre l'enseignement qu'ils donnaient dans leurs écoles extérieures, où ils admettaient les fils des grands et des nobles, et dans leurs écoles intérieures, où ils instruisaient les moines tant indigènes qu'étrangers, ils rendaient de grands services à l'esprit humain en enregistrant les événements historiques et en multipliant les exemplaires des manuscrits. Il y avait, dans les couvents, des moines qui étaient chargés de rédiger les chroniques et d'autres de transcrire les livres. Ceux-ci s'appelaient *antiquarii*. Les uns copiaient les ouvrages, les autres les collationnaient, y ajoutaient des peintures et des ornements en or, les reliaient avec soin, et quelquefois avec somptuosité. Ce travail n'était pas étranger aux monastères de femmes, qui, indépendamment des ouvrages qu'elles tissaient, copiaient les deux Testaments, le Psautier, et d'autres livres qu'elles ornaient aussi d'or et de pierreries. Les grands établissements cénobitiques avaient leurs peintres, leurs architectes, leurs sculpteurs, qui travaillaient dans la fabrique de l'abbé.

« Ainsi ces asiles où se réfugiaient les hommes qui voulaient suivre la vie appelée parfaite, parce qu'elle était pieuse et désintéressée ; ces fermes remplies de colons infatigables qui, d'après la règle de l'ordre, ne devaient pas plus se séparer de leur serpe qu'un soldat de ses armes ; ces ateliers où s'exerçaient les métiers et où se pratiquait ce qui restait des arts du vieux monde ; ces écoles où s'enseignaient la doctrine et la morale du christianisme, les lettres latines, quelques débris de la science grecque, étaient le dépôt où s'était conservé la partie de la civilisation antique qui devait servir de germe à la civilisation moderne.

« Je ne saurais mieux finir sur ce point qu'en employant les paroles dont se sert le savant Mabillon, pour rappeler l'action bienfaisante de l'ordre des Bénédictins en Allemagne : « Nos « prédécesseurs, dit-il, rendirent en Germanie « quatre grands services au monde chrétien : le « premier fut la conversion de ses habitants, le « second fut l'établissement des églises épisco-« pales, le troisième fut l'instruction commu-« niquée tant aux clercs qu'aux séculiers, le « quatrième fut la culture d'un sol et l'embellis-« sement d'un pays presque entièrement inculte « et désert. »

MIGNÉT, *La Germanie ; sa conversion au christianisme et son introduction dans la société civilisée de l'Europe occidentale*, dans les *Mémoires historiques*, 3e édition, Paris, Charpentier, 1854, p. 153-157.

Dépôt, 75, rue du Bac, à Paris. — 10 fr. les mille exemplaires variés, et 12 fr. *franco*.

PARIS. — IMP. JULES LE CLERE ET Cie, RUE CASSETTE, 29.

LES
ÉCOLES AU MOYEN AGE
Par M. MIGNET

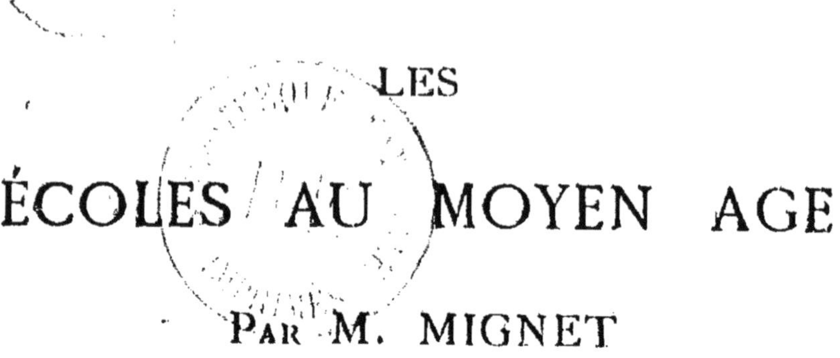

On peut affirmer, sans crainte de recevoir un démenti, que l'Église catholique a été à la lettre l'institutrice de la France.

Des recherches historiques, faites avec impartialité, ont établi d'une manière irréfutable, que, dès le ve siècle, et au milieu de l'effroyable chaos produit par les invasions des barbares, l'Église établit un système d'enseignement qui embrassait tous les âges, toutes les conditions et toutes les races.

Partout où le prêtre, le moine et l'évêque plantèrent une croix, on vit aussitôt, avec un village, un bourg ou une ville, surgir une école où le berger fut admis à côté du noble.

Les écoles monastiques ou conventuelles surtout se multiplièrent à l'infini.

Voici en quels termes M. Mignet, de l'Académie française, se plaçant uniquement sur le terrain scientifique, décrit l'enseignement qu'on distribuait dans les écoles et les services qu'elles rendirent à la civilisation européenne.

« Les écoles qui existèrent dans les monastères étaient de deux espèces : les unes, intérieures ou claustrales ; les autres, extérieures ou canonicales. Celles-ci s'appelaient encore les écoles mineures ; celles-là, les écoles majeures. Dans les écoles mineures, qui étaient publiques, on recevait les enfants du dehors et on leur apprenait les principes de la foi catholique, l'Oraison dominicale, les psaumes, les notes musicales, le chant et la grammaire. Dans les écoles majeures, qui étaient réservées aux moines, on enseignait les sciences sacrées et séculières, c'est-à-dire la théologie, qui se composait de la connaissance des deux Testaments, des Pères, des canons, et les sept arts libéraux. Dans tous les monastères il y avait un *scholasticus* très-instruit des études du temps. « Les *scholastici*, dit le moine Trithème, étaient versés non-seulement dans les saintes Écritures, mais dans les mathématiques, l'astronomie, la géométrie, l'arithmétique, la rhétorique, la poésie, et dans toutes les sciences séculières.

« Outre l'enseignement qu'ils donnaient dans leurs écoles extérieures, où ils admettaient les fils des grands et des nobles, et dans leurs écoles intérieures, où ils instruisaient les moines tant indigènes qu'étrangers, ils rendaient de grands services à l'esprit humain en enregistrant les événements historiques et en multipliant les exemplaires des manuscrits. Il y avait, dans les couvents, des moines qui étaient chargés de rédiger les chroniques et d'autres de transcrire les livres. Ceux-ci s'appelaient *antiquarii*. Les uns copiaient les ouvrages, les autres les collationnaient, y ajoutaient des peintures et des ornements en or, les reliaient avec soin, et quelquefois avec somptuosité. Ce travail n'était pas étranger aux monastères de femmes, qui, indépendamment des ouvrages qu'elles tissaient, copiaient les deux Testaments, le Psautier, et d'autres livres qu'elles ornaient aussi d'or et de pierreries. Les grands établissements cénobitiques avaient leurs peintres, leurs architectes, leurs sculpteurs, qui travaillaient dans la fabrique de l'abbé.

« Ainsi ces asiles où se réfugiaient les hommes qui voulaient suivre la vie appelée parfaite, parce qu'elle était pieuse et désintéressée ; ces fermes remplies de colons infatigables qui, d'après la règle de l'ordre, ne devaient pas plus se séparer de leur serpe qu'un soldat de ses armes ; ces ateliers où s'exerçaient les métiers et où se pratiquait ce qui restait des arts du vieux monde ; ces écoles où s'enseignaient la doctrine et la morale du christianisme, les lettres latines, quelques débris de la science grecque, étaient le dépôt où s'était conservé la partie de la civilisation antique qui devait servir de germe à la civilisation moderne.

« Je ne saurais mieux finir sur ce point qu'en employant les paroles dont se sert le savant Mabillon, pour rappeler l'action bienfaisante de l'ordre des Bénédictins en Allemagne : « Nos « prédécesseurs, dit-il, rendirent en Germanie « quatre grands services au monde chrétien : le « premier fut la conversion de ses habitants, le « second fut l'établissement des églises épisco- « pales, le troisième fut l'instruction commu- « niquée tant aux clercs qu'aux séculiers, le « quatrième fut la culture d'un sol et l'embellis- « sement d'un pays presque entièrement inculte « et désert. »

MIGNET, *La Germanie ; sa conversion au christianisme et son introduction dans la société civilisée de l'Europe occidentale*, dans les *Mémoires historiques*, 3ᵉ édition, Paris, Charpentier, 1854, p. 153-157.

———

Dépôt, 75, rue du Bac, à Paris. — 10 fr. les mille exemplaires variés, et 12 fr. *franco*.

PARIS. — IMP. JULES LE CLERE ET Cⁱᵉ, RUE CASSETTE, 29.

LES ÉVANGILES

Par J.-J. ROUSSEAU

J.-J. Rousseau était un des ennemis les plus ardents du christianisme, un des philosophes les plus impies du siècle dernier. L'éloge qu'il fait des Évangiles n'en a que plus de poids, c'est un témoignage précieux sorti de la bouche d'un ennemi.

Ce divin livre, le seul nécessaire à un chrétien, et le plus utile de tous à quiconque même ne le serait pas, n'a besoin que d'être médité pour porter dans l'âme l'amour de son auteur et la volonté d'accomplir ses préceptes. Jamais la vertu n'a parlé un si doux langage ; jamais la plus parfaite sagesse ne s'est exprimée avec tant d'énergie et de simplicité. On n'en quitte point la lecture sans se sentir meilleur qu'auparavant.

La majesté des Écritures m'étonne, la sainteté de l'Évangile parle à mon cœur. Voyez les livres des philosophes avec toute leur pompe : qu'ils sont petits près de celui-là ! Se peut-il qu'un livre, à la fois si sublime et si simple, soit l'ouvrage des hommes ? Se peut-il que celui dont il fait l'histoire ne soit qu'un homme lui-même ? Est-ce là le ton d'un enthousiaste ou d'un ambitieux sectaire? Quelle douceur, quelle pureté dans ses mœurs! quelle grâce touchante dans ses instructions! quelle élévation dans ses maximes! quelle profonde sagesse dans ses discours! quelle présence d'esprit, quelle finesse et quelle justesse dans ses réponses! quel empire sur ses passions! Où est l'homme, où est le sage qui sait agir, souffrir et mourir sans faiblesse et sans ostentation!

Socrate mourant sans douleur, sans ignominie, soutint aisément jusqu'au bout son personnage, et si cette facile mort n'eût honoré sa vie, on douterait si Socrate, avec tout son esprit, fut autre chose qu'un sophiste. Il inventa, dit-on, la morale; d'autres avant lui l'avaient mise en pratique; il ne fit que dire ce qu'ils avaient fait, il ne fit que mettre en leçons leurs exemples. Aristide avait été juste avant que Socrate eût dit ce que c'était que la justice. Léonidas était mort pour son pays avant que Socrate eût fait un devoir d'aimer sa patrie. Sparte était sobre avant que Socrate eût loué la sobriété; avant qu'il eût défini la vertu, la Grèce abondait en hommes vertueux.

Mais où Jésus avait-il pris cette morale élevée et pure dont lui seul a donné les leçons et l'exemple? Du sein du plus furieux fanatisme la plus haute sagesse se fit entendre; et la simplicité des plus héroïques vertus honora le plus vil de tous les peuples. La mort de Socrate philosophant tranquillement avec ses amis est la plus douce qu'on puisse désirer; celle de Jésus expirant dans les tourments, injurié, raillé, maudit de tout un peuple, est la plus horrible qu'on puisse craindre. Socrate, prenant la coupe empoisonnée, bénit celui qui la lui présente et qui pleure; Jésus, au milieu d'un supplice affreux, prie pour ses bourreaux acharnés. Oui, si la vie et la mort de Socrate sont d'un sage, la vie et la mort de Jésus sont d'un Dieu.

Dirons-nous que l'histoire de Jésus soit inventée à plaisir? Ce n'est pas ainsi qu'on invente, et les faits de Socrate, dont personne ne doute, sont moins attestés que ceux de Jésus-Christ. Au fond, c'est reculer la question sans la résoudre; il serait plus inconcevable que plusieurs hommes d'accord eussent fabriqué ce livre, qu'il ne l'est qu'un seul en ait fourni le sujet. Jamais des auteurs liens, s'éparpillent jusque dans les rangs de leurs bourreaux, cherchent un refuge entre leurs jambes qu'ils embrassent fortement, en levant vers eux leurs visages, où se peignent à la fois l'innocence et l'effroi. Rien ne fait impression sur ces exterminateurs ; ils les égorgent à leurs pieds. »

Ces enfants étaient des enfants du peuple. Ils étaient mis à mort *pour sentiments et propos contre-révolutionnaires.*

Ainsi ce sont des femmes, des enfants, des bourgeois, des négociants, des artisans, des paysans, c'est une immense majorité *plébéienne* sur laquelle est tombée la Terreur.

Ne l'oublions pas, ne laissons pas glorifier devant nous un temps où des milliers d'exécutions eurent lieu en vertu d'une loi qui privait les accusés de témoins, de défenseurs et d'appel. Quand on nous dira que c'était un mal nécessaire et qu'il fallait anéantir les prétendus oppresseurs du peuple, répondons, l'histoire à la main, aux avocats de la Terreur : « Les artisans de Paris, les paysannes du Poitou, les enfants de Nantes et tant d'autres étaient-ils des oppresseurs du peuple ? »

Dépôt, 75, rue du Bac, à Paris. — 10 fr. les mille exemplaires variés, et 12 fr. *franco.*

PARIS. — IMP. JULES LE CLÈRE ET Cie, RUE CASSETTE, 29.

LOUIS XVI

Louis XVI était un bon roi, un roi libéral, et jamais roi ne l'a été davantage ni autant.

On en trouvera peu qui aient au même degré laissé démunir leur pouvoir et plus spontanément dépouillé la couronne.

On put mettre avec raison dans sa bouche les paroles de Celui à qui les Juifs préférèrent Hérode, César et Barabbas : *Mon peuple, que t'ai-je fait ?*

Comme souverain absolu, il n'avait pas négligé les intérêts du peuple, il ne s'était pas montré insensible à ses misères, il n'avait pas trahi sa gloire. La France, sous lui, était une grande nation, et qui se préparait à de grandes choses. Les réformes intérieures, il les voulait et il en était le plus actif ouvrier ; la puissance extérieure, il y veillait et du côté où il fallait, donnant ses soins à ce développement de la force navale qui allait être le gage de la prépondérance politique dans le monde.

Il était personnellement plein de probité, de religion et de tendresse d'âme, un modèle de mœurs pures et d'humanité. Les vices de son gouvernement étaient son héritage et non sa faute ; il ne demandait qu'à les corriger. Ses torts enfin, qui pouvait alors les lui reprocher parmi ses ennemis ? C'était de leur avoir trop cédé, d'avoir trop accepté leurs doctrines, trop refusé d'employer la force contre leurs envahissements et leurs séditions.

Ils l'emprisonnèrent, ils le traduisirent en jugement devant eux, et avant de se déclarer ses juges, ils s'étaient déclarés hautement ses bourreaux. Ils ne le jugeaient que pour commettre un sacrilége de plus et parodier la justice.

Le Roi fut conduit publiquement au supplice, exécuté publiquement ; et la France, bientôt après, donna un spectacle plus hideux. On assassina pareillement la Reine, en plein jour ; et par qui, avec quelles recherches de cruauté infernale ! Des bandits immondes, en sabots, le bonnet sur la tête, qui buvaient et se saoulaient sur leur tribunal taché de sang et d'ordure, ne se contentèrent pas de la juger : ils l'insultèrent comme femme, comme mère, et ils envoyèrent au bourreau cette reine, fille des rois.

Certes, ce jour-là, les assassins purent croire qu'ils avaient réussi, et que leur crime aurait raison et de la France, et de la conscience humaine et de Dieu même !

Les hommes de 93 n'ont pas fondé un gouvernement, et l'on peut douter, malgré leur jactance, qu'ils en aient eu même la prétention ; mais ils ont fondé le désordre, l'anarchie et l'assassinat. Ils ont fait entrer dans le sang de la France cette peste et cette lèpre infâme.

Jusqu'à eux le régicide avait été un fait isolé, un crime véritablement exécré ! On avait vu des fanatiques, des forcenés. Ils paraissaient rarement ; ils n'avaient point de complices ; ils ne se proposaient même pas de produire ce que l'on peut appeler aujourd'hui une révolution. Mais, depuis la Convention et depuis ses apologistes, les choses ont bien changé. On n'a pas vu la justice et la réprobation atteindre assez les coupables, et les sophistes ont pu trop impunément entourer d'une abominable auréole les mains qui avaient manié le poignard. La société subira le poids de ces connivences et de ces lâchetés inouïes.

Il est temps d'ouvrir les yeux.

La **révolution** est faite. De tout ce que l'on appelle, entre honnêtes gens, les *conquêtes de* 89, rien n'est menacé et n'a quoi que ce soit à **redouter** des hommes qui contestent encore certaines applications de ces doctrines **mal définies.**

On le sait bien, et ceux qui affectent à ce sujet **le plus** d'épouvante en sont aussi persuadés **que nous.**

Ce que l'on veut frapper, c'est l'autorité, c'est **la propriété,** c'est la famille, ce sont les conquêtes de 89 elles-mêmes.

89, **voilà** l'unique et redoutable ennemi de 93.

Dépôt, 75, rue du Bac, à Paris. — 10 fr. les mille exemplaires variés, et 12 fr. *franco.*

PARIS. — IMP. JULES LE CLERE ET Cie, RUE CASSETTE, 29.

LA PREMIÈRE PAYE

RÉCIT D'UN OUVRIER

Le jour tant désiré était arrivé!... Je reçus mon livret. Mon patron me promit de me garder comme ouvrier et m'offrit quarante sous par jour pour commencer. J'acceptai avec reconnaissance, et ce fut une joie d'accourir aussitôt pour donner cette bonne nouvelle à ma famille; je gravis l'escalier avec un battement de cœur.

« Te voilà heureux, me dit mon père, te voilà
« ouvrier. Maintenant que tu es un homme, tu
« es maître de ta personne et de ta vie. Fais-
« en bon usage, mon garçon. Tu n'en seras
« peut-être pas plus riche, mais tu pourras
« comme moi, du moins, donner à tes enfants
« le nom d'un honnête homme. »

Ma mère me regardait de loin fixement avec émotion; j'allai à elle et l'embrassai. Elle me rendit mes caresses en silence.

On ne me disait plus rien. Je me promenais dans la chambre, ne sachant que dire ni que faire...

« Comment vont vos petites affaires ? » dis-je
« enfin.

— « Tout doucement répondit mon père;
« quelques petits raccommodages par ci par là,
« bien peu de chose; de quoi manger, voilà
« tout. »

— « De quo: auriez-vous besoin en ce moment ? » ajoutai-je timidement.

On ne me répondit pas.

Ma mère se retourna, il me sembla que c'était pour essuyer ses yeux..

Mon père dit enfin :

« Ne t'inquiète pas mon garçon : jusqu'ici le
« bon Dieu nous a envoyé ce qu'il fallait pour
« ne pas mourir de faim ni de froid ; il ne nous
« abandonnera pas maintenant ; songe plutôt
« à tes besoins : tu n'as qu'une paire de souliers
« qui est bien mauvaise ; tu n'as plus de che-
« mises ; l'hiver approche, et tu n'es pas vêtu.

— « Oh ! m'écriai-je, il s'agit bien de cela ! »

Un regard de mon père coupa ma phrase et me fit baisser les yeux.

Un regard de ma mère me consola.

J'allai me placer auprès d'elle, devant une vieille commode qu'on avait mise à la place de mon lit, il y avait quatre ans, lorsque j'entrai en apprentissage.

« Il faudra ôter cette commode, » dis-je à demi-voix.

— « Pourquoi ? » répondit ma mère.

— « Pour y mettre mon lit....., comme autrefois. »

Ma mère m'embrassa.

Je m'en retournai chez mon patron en courant, le cœur léger et joyeux, et le reste du jour je fis retentir l'atelier de mes plus belles chansons.

On transporta mon lit chez mes parents, où je retournai chaque soir. Mêmes procédés de leur part : pas un mot sur l'emploi de mon futur salaire. J'étais libre encore : tout devait se décider le jour de la paye. Il arriva enfin.

Lorsqu'on me remit trois écus de six livres, — c'était la monnaie d'alors, — trois grosses pièces blanches toutes neuves, quand je les vis reluire dans ma main, lorsque je les sentis en ma possession comme mon bien, ma propriété, mieux encore, le fruit de mon travail, le prix de quatre années de douleurs, de fatigues et de courage, l'étonnement, le bonheur brisaient ma poitrine : j'étais fou de joie...

Sans hésitation je fis mon devoir. Je courus, dans un élan qui ne peut pas se rendre, à la demeure de mes parents, donner bien vite tout mon argent à ma mère, et me jeter dans les bras de mon père, qui me serrait dans les siens en pleurant.

« Tu ne sais pas dans quelles angoisses nous
« t'attendions, murmura-t-il en me pressant sur
« sa poitrine ; mon cher enfant, nous ne doutions
« pas de ton cœur ni de ton affection ; mais
« à ton âge les passions sont si fortes, si cruelles,
« si dénaturées souvent ! Nous voyons tous les
« jours tant de pauvres parents souffrir, aban-
« donnés de leurs enfants, que nous tremblions
« pour toi malgré nous, mon enfant, non point
« pour nous, mais pour toi ; car, vois-tu, com-
« mencer par oublier son père et sa mère, c'est
« mal entrer dans la vie, et c'est attirer sur elle
« la malédiction de Dieu. Mais tu ne nous as
« pas abandonnés, toi, mon cher enfant. Dieu
« te bénira. — Oh ! nous sommes bien heureux,
« nous avons un fils, nous avons élevé un hon-
« nête homme. »

Et des larmes inondaient le visage de mon vieux père.

Ma mère me couvrait de baisers.

« Si tu savais comme j'ai souffert depuis quinze
« jours ! répétait-elle ; combien j'ai pleuré ! com-
« bien j'ai prié pour toi ! mais tout est fini
« maintenant : tu nous aimes , tu nous
« aimes.... »

Et ils m'embrassaient à la fois...

Vous comprenez qu'on n'oublie jamais de pareils moments. Leur souvenir retentit dans toute la vie, pour nous consoler dans nos peines et nous conseiller aux jours d'épreuves. Combien ils nous font aimer le travail, l'état qui nous les a donnés ! Gens du monde, gens de plaisirs, riches, heureux puissants de la terre, connaissez-vous ces bonheurs-là ? Oh ! non, ils sont la part du pauvre, la part de l'ouvrier. Béni soyez-vous, mon Dieu, car vous n'avez, même ici-bas, déshérité aucun de vos enfants !...

Dépôt, 75, rue du Bac, à Paris. — 10 fr. les mille exemplaires variés, et 12 fr. *franco*.

PARIS. — IMPRIMERIE JULES LE CLERE, RUE CASSETTE, 29.

L'IVROGNERIE

« Ceux qui achètent le superflu, disait Franklin, finissent par vendre le nécessaire. »

L'ivrogne va plus loin : il vend le nécessaire pour payer ce qui lui est nuisible et funeste; car la passion de boire le conduit insensiblement à l'hôpital ou à la prison, quand elle ne le conduit pas au cimetière.

C'est là ce qu'affirment les médecins les plus autorisés, ce que démontrent toutes les statistiques.

Entraîné par l'habitude, par un besoin factice, ou seulement par les circonstances, l'ivrogne ne connaît bientôt plus de frein. L'on a vu plus d'une fois tomber des premiers rangs de la société des hommes dont l'intelligence, d'abord brillante, s'était obscurcie peu à peu, et qui finissaient par être réduits à la mendicité. Il y a peu d'années, on me citait un cabaret où plusieurs de ces malheureux se réunissaient chaque jour pour satisfaire leur triste passion. L'un d'eux, devenu chiffonnier, avait été médecin, et médecin assez connu; l'échoppe lui servait de cabinet de consultation; adossé au comptoir d'étain, le verre d'alcool en main, il donnait ses avis, bientôt payés par de nouveaux petits verres. Lorsqu'il vint à mourir. ses tristes clients voulurent le conduire à sa dernière demeure ; parmi eux, chiffonniers comme lui et dégradés par la même passion, se trouvaient un ancien sous-préfet, un ancien officier ministériel, etc.

Mais c'est surtout parmi les ouvriers que l'abus de l'alcool fait ses plus terribles ravages : de l'avis des philosophes, des médecins, de tous les observateurs, l'ivrognerie est devenue dans notre Europe la plus grande cause de la misère.

Il existe en Angleterre une ville manufacturière qui compte cent soixante mille habitants, dont cent mille environ appartiennent à la classe ouvrière. Un magistrat du pays a calculé que ces cent mille ouvriers dépensaient par an en boisson une somme de 25,200,000 francs, à savoir pour chacun 252 francs, c'est-à-dire le loyer ou le pain de la famille, et au delà ; car, avec 13 sous de pain, l'ouvrier aurait de quoi vivre lui et sa femme ; or 252 francs par an correspondent à 65 centimes par jour.

En France, on pourrait citer plusieurs villes où, d'après les témoignages les plus formels, la moitié des salaires passe au cabaret.

Les habitudes d'ivrognerie conduisent parfois à une telle misère que l'ouvrier devient incapable de songer à l'avenir. Combien en voit-on qui, le jour de la paye, recevant l'argent de la semaine ou de la quinzaine, vont, le soir même, le dépenser au cabaret ! Ecoutons les commissaires de la chambre de commerce de Paris.

« Les ouvriers qui gagnent les plus forts salaires sont ceux qui font le moins d'économies : non-seulement ils s'absentent du travail le lundi, mais souvent ils ne reviennent à l'atelier qu'après deux ou trois jours d'absence et lorsqu'ils sont à bout de ressources. »

Il est peu de villes manufacturières où les mêmes faits ne se produisent. Partout où les fabriques se sont multipliées, avec les entraînements habituels de l'ivrognerie paraissent la débauche, la dépravation morale et la pauvreté matérielle.

« Pendant les huit années que j'ai consacrées à l'étude de l'alcoolisme, dit le docteur Decaisne, sur cinq cents familles que j'ai visitées, j'en ai rencontré plus de quatre cents réduites à la plus complète misère et livrées à tous les vices et à tous les désordres, uniquement par le fait de l'ivrognerie habituelle du chef de famille. »

Un magistrat affirme que la boisson est la source la plus fréquente du crime, et que, si l'ivrognerie pouvait être supprimée, les assises du pays deviendraient inutiles.

On a constaté que, sur sept criminels, il en est au moins un dont le méfait a été accompli en état d'ivresse. Sur cent détenus, cinquante-cinq en moyenne ont été conduits à la prison par la boisson.

Enfin l'ivrognerie entraîne après elle mille maladies, la folie, le suicide ; sur cent suicidés, douze sont occasionnés par les fruits de l'intempérance.

L'ivrognerie est donc devenue une véritable plaie sociale.

Dangereuse et funeste en tout temps et en tout pays, l'ivrognerie l'est plus particulièrement en France à l'heure actuelle. Les désastres dont le poids est encore sur nous, et où l'ivrognerie a

contribué pour sa part, doivent nous fair
combattre avec une énergie plus grande cette
passion mortelle pour l'individu, pour la famille,
pour la société, pour la patrie ; féconde en haines,
en discordes, en conflits sanglants ; qui excite
les citoyens les uns contre les autres et les
énerve devant l'étranger.

Au milieu des dangers du dedans et du dehors,
environnés d'ennemis et trop souvent ennemis
de nous-mêmes, loin de nous abandonner à
nos mauvais penchants, songeons à ceindre nos
reins et à élever nos cœurs, pour entreprendre
courageusement l'œuvre patriotique du salut
de la France, qui ne s'accomplira qu'à force de
travail et de sobriété.

Dépôt, 75, rue du Bac, à Paris. — 10 fr. les mille
exemplaires variés, et 12 fr. *franco*.

PARIS. — IMP. JULES LE CLERE ET Cie, RUE CASSETTE, 29.

AU SCRUTIN!

— Vieillard, où vas-tu ?

— Je vais aux élections.

— Ton âge est avancé, ta marche est pesante, et la ville est bien loin.

— J'irai néanmoins. Je suis parti avant le jour, j'arriverai à temps. On comprendra, je l'espère, que ces longues courses ne doivent plus nous être imposées. Les malades ne les peuvent faire, les vieillards hésitent à les entreprendre. Il faudrait traiter avec plus de respect le *peuple souverain*, et ne pas mettre à l'exercice de son droit des conditions qui le suppriment. Le souverain doit voter chez lui.

Pourquoi n'a-t-on pas maintenu le vote à la commune ? C'est que les révolutionnaires ne se fient pas aux ruraux, et craignent surtout les souvenirs et le bon sens des anciens. Afin de diminuer le nombre de leurs juges, ils ont décidé qu'on voterait à la ville. Là se tiennent leurs réunions; là s'agitent leurs partisans ; là ils sont maîtres.

C'est pourquoi, malgré mes soixante-quinze ans, je me suis mis en route, après avoir écrit mon bulletin. Je sais ce qu'a été la première révolution. Les tyrans d'alors semblent ressusciter plus méchants. Je vais voter contre eux. Je ferais davantage encore. Ce n'est pas tant pour moi, qui suis près de la tombe, que pour mes enfants, mes voisins et ma patrie. Je veux laisser aux miens le petit champ qui nous a nourris et que j'ai si longtemps arrosé de mes sueurs. Dans la première révolution, les paysans ne savaient pas se défendre. Ils se laissaient mener, tondre et manger comme des moutons. C'est bien le moins que cette expérience nous serve à quelque chose. Nous l'avons payée assez cher. Je vais donc voter contre les radicaux. Je voterai pour la société, qui n'est point coupable de nos infortunes et qui, au contraire, les adoucit. Malheur à moi si j'usais contre elle du droit de suffrage qu'elle m'a si généreusement donné! En votant pour la religion, pour la famille, pour la propriété, je vote d'ailleurs pour moi-même. Et quand j'aurai voté, je dirai à nos compères :

« Attention! ne laissez pas les mauvaises gens prendre le dessus. Quand la peur s'en mêle, on ne sait plus où ça va. Vous ne connaissez qu'un mauvais sujet dans la commune : s'il prend le haut du pavé, dix honnêtes gens deviennent méchants pour lui faire la cour, et en moins de rien tout se met à trembler. C'est alors qu'on voit des choses épouvantables, et que personne n'est plus en sûreté chez soi. La probité chancelle dans les cœurs. On fait de vilaines actions, dont on porte ensuite le poids toute sa vie, et plus loin. Croyez-moi, il n'y a point de coquin qui ne se repente amèrement d'avoir cessé d'être honnête homme. Ceux qui se sont enrichis du bien des persécutés, vous les avez connus. Ils ont tourné mal. La justice est une boiteuse qui arrive toujours. Il y en a que les juges n'ont pas mis au poteau et qui, néanmoins, y sont pour jamais. On traîne le boulet ailleurs qu'au bagne. Plusieurs, avant de mourir, rendent le bien mal acquis, confessant les supplices de leur conscience. Ceux qui ne le rendent pas ne l'emportent pas en paradis. Rien pour rien. Si tu ne payes pas vivant, tu payeras mort. Le ver cesse de ronger le cadavre dans le cercueil et tombe lui-même en poussière, mais ni l'âme ne meurt, ni le Dieu qui la punit n'est mortel. Nul décret de la République ne pourra tirer de l'enfer le républicain qui ne s'est pas soucié d'être honnête homme, et ce n'est pas être assez innocent que de voler conformément aux lois. Nous savons que pour faciliter les affaires et se créer des amis, les démocrates, socialistes et autres, écrivent des feuilles où ils disent que Dieu n'existe pas. Mais nous voyons que les moissons poussent, que les saisons reviennent et s'en vont, que le soleil monte et descend, que les hommes naissent, vieillissent et meurent, que les bons sont assistés, que les méchants sont punis : nous en concluons que la Providence est toujours là, et que Dieu existe toujours. Bien d'autres que Proudhon avaient supprimé Dieu. Ils sont morts : aucun n'est revenu de l'autre monde pour nous dire qu'il n'y a pas trouvé Dieu. Proudhon, à son tour, a paru devant Dieu. Nous y paraîtrons aussi : que ce ne soit pas pour rendre compte du bien des orphelins et des veuves ; il en faut payer l'intérêt durant l'éternité ! Voilà mon avis, à moi, qui suis près du grand passage, et j'ai eu le temps d'y réfléchir. Toute réflexion faite, après avoir honnêtement gagné ma vie pendant soixante-dix ans, j'aime mieux mourir volé que voleur. »

— Vieillard, tes enfants seront fiers de ton nom, et Dieu les bénira suivant sa promesse ; car il a dit lui-même : *La postérité du juste sera bénie.*

Dépôt, 75, rue du Bac, à Paris. — 10 fr. les mille exemplaires variés, et 12 fr. *franco.*

PARIS. — IMP. JULES LE CLERE ET Cⁱᵉ, RUE CASSETTE, 29.

COMMENT DIEU A AIMÉ LE MONDE

On avait coutume d'amener à Notre-Seigneur des petits enfants pour qu'il les bénît.

Une fois, les disciples voulurent les écarter, craignant que cette foule ne l'importunât.

Jésus dit :

Laissez venir à moi les petits enfants, car le royanme de Dieu est à ceux qui leur ressemblent. En vérité, quiconque ne recevra point le royaume de Dieu comme ferait un enfant, celui-là n'y entrera point.

Ce n'est pas qu'un âge soit préféré à un autre, car alors il serait fâcheux d'avancer dans la vie; c'est l'innocence qui est préférée à tout. Le royaume de Dieu est à qui ressemble aux enfants, à qui conserve ou reconquiert cette innocence que la nature leur a donnée.

L'enfant est sans haine; il ignore la

luxure ; il ne cherche point la richesse et les honneurs ; il revient à sa mère qui l'a corrigé ; il est docile à l'enseignement de ses maîtres ; il ne dispute ni ne contredit ni n'est méfiant : c'est ainsi que l'homme qui veut *entrer* doit recevoir la parole de Dieu.

Tels étaient les disciples.

En même temps Jésus leur apprend à ne point mépriser les petits de l'Église, à ne point rudoyer leur ignorance, à les instruire avec patience et douceur, à se faire enfants eux-mêmes pour gagner les enfants. Par l'amour qu'il témoigne à l'enfance, il enseigne combien il la faut aimer et respecter. Les droits de l'enfance datent du Christ.

Et Jésus embrassa les enfants, leur imposa les mains et les bénit.

Il montrait par là, dit S. Remy, que les humbles d'esprit sont dignes de sa grâce. En imposant les mains, dit S. Chrysostome, il exprime l'opération de la vertu divine ; il bénit suivant une coutume humaine, parce qu'il est devenu homme en restant Dieu ; il embrasse comme pour ramener en son sein la créature tombée.

Il semble que s'il y avait dans l'Évangile

quelque chose que l'on ne pût croire, ce ne sont pas les grands miracles qui commandent à la nature, ni les grandes paroles qui changèrent la face du monde, ni ces audaces de la miséricorde qui déclarent le publicain justifié par la seule vertu de sa prière, ni le Calvaire, ni l'Eucharistie, ni enfin rien de ce qui est incompréhensible et par là même visiblement divin. Tout cela est de Dieu, et dès qu'il l'a voulu faire, il est pour ainsi dire tout simple qu'il l'ait fait. Ce qui confond, c'est cette bonté de la majesté divine qui se mêle aux entretiens des hommes, parle leur langage, bégaye avec eux, leur prend la main, embrasse leurs enfants, traite l'homme tombé avec plus de tendresse qu'elle ne lui en a montré lorsque, revêtu encore de son innocence, il habitait le paradis.

Quand la pensée s'arrête sur ces tableaux, sur ces enfants enfermés dans les bras de Dieu, et touchant son sein, on a comme un éblouissement de l'impossible.

C'est donc ainsi que Dieu nous a aimés! C'est donc là ce que nous valons! C'est donc là ce que vaut l'innocence! Et cette innocence peut nous être rendue d'un mot qu'il dépend de nous de prononcer, d'un soupir qu'il dépend de nous de jeter dans cet abîme qui nous sépare de l'infini.

Ces espaces sans mesure que nous avons mis entre nous et Dieu, cette lèpre qui nous couvre, tout cela n'est plus rien. Notre soupir porté au ciel par les Anges dont le Verbe créateur nous a entourés, arrivera tout de suite jusqu'au Verbe incarné, et notre lèpre tombera en un instant, et nous serons les enfants sans tache du Dieu Très-Haut, et rien sur la terre ni au ciel, aucune puissance de justice ni aucun souvenir de nos iniquités ne prévaudra contre la parole qui nous ouvrira son cœur : « Père, j'ai péché ! »
C'est ainsi que Dieu a aimé le monde.

———

Dépôt, 75, rue du Bac, à Paris. — 10 fr. les mille exemplaires variés, et 12 fr. *franco*.

———

PARIS. — IMP. JULES LE CLERE ET Cie, RUE CASSETTE, 29.

9 782019 196660